大偵探
福爾摩斯

吸血鬼之謎

SHERLOCK HOLMES

序

　　本系列由2009年7月開始策劃，同時做了一些調查，徵詢了一些小學老師對出版福爾摩斯故事書的意見。他們初時的反應普通，認為坊間已有不少同類書籍，並不需要再多一套福爾摩斯的故事書。

　　不過我們擇善固執，堅持開展出版計劃。因為，我們知道這套故事書和以前的都不一樣，它是一套全新意念的福爾摩斯，除了故事經過大幅改編和改寫外，插圖也必會一新耳目，令小朋友愛不釋手。

　　在這個信念支持下，我和余遠鍠老師花了一年多時間創作了第一至三集的故事，並於2010年12月聖誕書展推出。初時我們都戰戰兢兢，不知道讀者會否接受福爾摩斯變成了一隻狗，華生變為一隻貓。誰料反應出奇地好，有家長甚至告訴我們，他的兒子從來都不肯看故事書，但買了《大偵探福爾摩斯》後，小兒子一看之下卻欲罷不能，非得看完不可。

　　就是這樣，在讀者們的鞭策下，原先只想寫幾本試試看的我們也欲罷不能，非得一本一本寫下去不可了。

厲河

大偵探
福爾摩斯
—— 吸血鬼之謎 ——

登場人物介紹

福爾摩斯
居於倫敦貝格街221號B。精於觀察分析，知識豐富，曾習拳術，又懂得拉小提琴，是倫敦最著名的私家偵探。

華生
曾是軍醫，為人善良又樂於助人，是福爾摩斯查案的最佳拍檔。

小兔子
扒手出身，少年偵探隊的隊長，最愛多管閒事，是福爾摩斯的好幫手。

李大猩＆狐格森
蘇格蘭場的孖寶警探，愛出風頭，但查案手法笨拙，常要福爾摩斯出手相助。

愛麗絲
房東太太親戚的女兒，為人牙尖嘴利，連福爾摩斯也怕她三分。

羅伯特・弗格臣
李大猩中學時代的好友。

卡蒂
秘魯出身，弗格臣的妻子。

傑克
弗格臣前妻所生的兒子。

愛麗絲登場

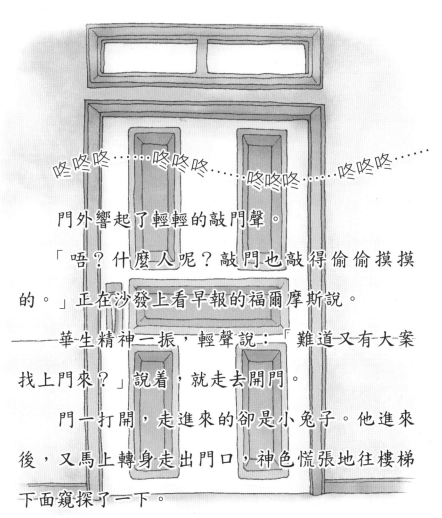

咚咚咚……咚咚咚……咚咚咚……咚咚咚……

門外響起了輕輕的敲門聲。

「唔？什麼人呢？敲門也敲得偷偷摸摸的。」正在沙發上看早報的福爾摩斯說。

華生精神一振，輕聲說：「難道又有大案找上門來？」說着，就走去開門。

門一打開，走進來的卻是小兔子。他進來後，又馬上轉身走出門口，神色慌張地往樓梯下面窺探了一下。

「你怎麼了？那麼鬼鬼祟祟的，難道扒了人家的逃到這裏來躲藏？」福爾摩斯說。

「噓！別張聲。」小兔子故作神秘地走近，湊到大偵探的耳邊說，「福爾摩斯先生，我發現你們這裏被人監視，好不容易才偷偷竄上來

通風報信啊。」

華生吃了一驚，問：「真的嗎？是什麼人？」

福爾摩斯用手指擦了一下鼻子，帶着懷疑的眼神**斜視**着小兔子說：「不會是M博士吧？只有他才會這麼空閒，派人來監視我啊。」

「**M博士！**」華生和小兔子聽到這個名字，全身都起**雞皮疙瘩**了，因為他智商又

高又陰險，小兔子有一次就幾乎死在他手上。

可是，小兔子馬上猛地搖頭，說：「不是他，因為……」

咚咚咚……

就在這時，門外又響起了幾下敲門聲，打斷了小兔子的說話。

「啊！難道他已找上門來了？」小兔子壓低嗓子，萬分緊張地說。

福爾摩斯的鼻翼扇動了幾下，沒好氣地說：「你沒有聞到茶香嗎？是房東太太罷了。」

給神經兮兮的小兔子弄得有點心緒不寧的華生鬆了一口氣，連忙走去開門。門開了，眼前的卻不是房東太太，而是一個十一、二歲的女孩，她端着茶，有禮又端莊地說：「打擾了，華生醫

生，是房東太太叫我送茶來的。」

「啊，是嗎？請進。」華生挪後一步，讓少女走進客廳裏。

她把茶放在茶几上，含笑向我們的大偵探說：「福爾摩斯先生，請用茶。」

「呵呵呵，房東太太什麼時候請了一位這麼乖巧的小幫傭？」福爾摩斯一邊稱讚女孩，一邊伸手去取茶。

「**且慢!**」小兔子連忙衝前制止。

「怎麼了?」福爾摩斯有點愕然。

⑨

小兔子神情緊張地繞着女孩走了個圈，並從頭到腳把她打量一番，然後以充滿懷疑的口吻湊到福爾摩斯的耳邊說：「這個小丫頭來歷不明，未弄清楚她的身份之前不能喝她端來的茶。」

小兔子說話時已儘量壓低了嗓子，但華生和女孩都聽到了，只見女孩臉色一沉，狠狠地往小兔子瞪了一眼。

華生見狀連忙解釋：「這位小妹妹叫**愛麗絲**，是房東太太親戚的女兒，我們昨天已認識了。她學校放假，所以來房東太太家住幾天。」

愛麗絲冷冷地一笑，說：「不知者不罪，我不會介意**自作聰明**的人的。」

「什麼？」小兔子聽到話裏有**骨**，但又反駁不了，只好晦氣地**吐**出一句，「哼，最討厭就是裝模作樣的丫頭，靠近一點都會令人全身**發癢**。」

他說完，竟像**猴子**似的，兩手拚命地又抓頭又搔頸。

「**什麼？**」這回，輪到愛麗絲想要發作了，但她馬上又冷靜下來，斜眼瞄了一下小兔子，用手指輕掃了一下秀髮，優雅地說：「怪不得一走進來就有一股**臭汗味**，原來有人沒洗澡，難怪瘙癢難忍了。」

本來仍在使勁地全身**搔來搔去**的小兔子聽到她這麼一說，雙手霎時止住了，眼睛瞪得大大的說不出話來。

「哈哈哈！看來我們的小兔子遇到**旗鼓相當**的對手呢。」福爾摩斯完全是幸災樂禍。

「哼……」小兔子仍想向女孩**反唇相譏**，但一時之間又想不出夠殺傷力的說話。

華生為了緩和氣氛，連忙提醒：「小兔子，你不是來通風報信的嗎？」

「啊，是的。」小兔子馬上拋下女孩不管，煞有介事地說，「那個監視這裏的人……就是**李大猩**！」

聞言，福爾摩斯幾乎從**沙發**上摔下來，他罵道：「別玩了！傻瓜！李大猩又怎會監視我們！」

小兔子絲毫沒有動搖，還指着窗口說：「不信，你們自己看看，他就站在對面。」

福爾摩斯和華生**半信半疑**地走到窗邊，

悄悄地揭開 **窗簾** 的一角往下看去。果然，在對面馬路的街角，蘇格蘭場的幹探李大猩不時探出頭來，小心地監視着這邊的門口。

華生從窗邊退回來，有點摸不着頭腦：「李大猩為什麼要監視我們呢？」

小兔子掏出一條 **紅蘿蔔**，「嘎吧」一聲，咬了一口，信心十足地說：「還用問嗎？

他一定是知道你們正在調查一宗大案，企圖從這裏獲取情報。」

「**大案?** 我們正在查大案嗎？我怎麼不知道的？」華生說完，望向福爾摩斯求證。

「沒有呀，已兩個月沒發市了，我還在為下個月的**房租**發愁呢。」福爾摩斯說着，悠然地吐了一口煙，完全不像是發愁的樣子。

「啊……那怎麼辦？」華生問。

「能怎麼辦？又不是我叫李大猩在那裏監視

的，他站得腿酸了就自然會走，不必管他。」

「我……不是這個意思。」華生吞吞吐吐。

「什麼意思？」

華生搔搔頭，有點難為情地說：「我是指……你沒錢交租怎麼辦？」

「還以為你擔心什麼，原來是這個問題，我已想好了解決的辦法。」

「什麼辦法？」華生問。

「由你暫時代交吧。」福爾摩斯臉不紅耳不赤，說得理所當然似的。

「什麼？最近我的醫務所也沒什麼生意啊！哪有餘錢代付你那一份。」華生慌忙表明立場，他知道，福爾摩斯借了錢後，是從來不還的。不，應該說，我們的大偵探向華生借錢，是從一開始就沒想過要還的。

　　「原來你的生意也那麼差嗎？倫敦的人都不生病了？」福爾摩斯故意把話題**岔開**，自顧自地看起報紙來。

　　「那怎麼辦？」忽然，愛麗絲走到福爾摩斯面前問。

「什麼？」

「房租。」

「拖一拖吧。」

「已拖了
一個月。」

「不會吧？」

「這是欠單。」愛麗絲掏出欠單遞到福爾摩

斯眼前。

「**什麼？**上個月你

沒交租嗎？我明明已把

我那一份給了你啊。」

華生感到意外。

「誤會啦。」福爾摩斯說着，伸手就要去搶

欠單。但愛麗絲反應更快，一個轉身，已把欠

單遞到華生眼前。福爾摩斯抓了個空。

　　果然，那是上個月的租單，原來福爾摩斯

並沒有交租。

「你⋯⋯」華生盯着一臉**尷尬**的老搭檔，正要發作之際，福爾摩斯霍地站起來，並對小兔子說：「走！去看看李大猩為什麼來監視我們。」

說完，已一手拉着小兔子**奪門而出**，像一陣**風**似的奔下樓去了。

華生和愛麗絲**面面相覷**，呆在那裏說不出話來。

過了片刻，愛麗絲問：「華生醫生，他們口中的李大猩究竟是誰？」

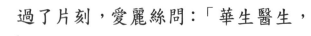

「是蘇格蘭場的著名**警探**，跟我們都很熟悉。」

「他為什麼要**監視**這裏？」

「該是誤會啦。」

「那麼，福爾摩斯先生為何那麼匆忙就走了？」

「這個嘛……」華生有點猶豫。

我知道了，他想逃債！

愛麗絲恍然大悟。

華生歎了口氣說：「沒錯，你猜對了。」

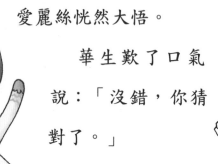

20

李大猩求助

福爾摩斯拉着小兔子衝下**樓梯**後，急忙奪門而出，直往街尾走去。

「還以為那**丫頭**是個乖巧的女孩，沒想到她這麼**牙尖嘴利**，現在的女孩子真可怕，實在招惹不得。」福爾摩斯惟恐愛麗絲追來似的，邊走邊不時回頭看。

「是啊，我也最怕女孩子，**鬥嘴**肯定鬥不過她們，**鬥打**又怕人家說我欺負女孩子。所以，我一見到她們走近就會全身發癢。」小兔子一臉認真地說。

「說起來，房東太太也太狡猾了，自己不好意思來討錢，竟派一個這麼厲害的**女刺客**來，

幸好我機警，來一招走為上着，要是還待在屋裏，肯定會給她煩得**半生不死**。」福爾摩斯**猶有餘悸**地說。

「嗨！福爾摩斯先生，真是巧極了，一大早就在街上碰到你。」就在這時，一把**粗豪**的聲音響起，福爾摩斯抬頭一看，只見李大猩已從對面街角衝過來了。

福爾摩斯這才想起李大猩一直在街角「監視」的事，於是說：「你不是一直在這裏監視嗎？不會是巧遇吧？」

李大猩尷尬地搔搔頭，說：「嘻嘻嘻，沒有啦，真的只是剛剛經過而已。」

福爾摩斯心想，李大猩不肯承認，一定另有原因，馬上揭穿他的話，他就難以下台了，於是說：「我還有事情要辦，有空再找你聊。」

說完，就想離開。

可是李大猩卻慌忙**擋**住去路，生怕福爾摩斯溜掉似的說：「我正在處理一個非常特別的案子，不想聽聽嗎？」

福爾摩斯**暗忖**：「原來是想找我幫忙，但又不好意思開口，於是就一直等我出門，假裝在路上偶然碰到。可是，這傢伙跟狐格森不同，他自視甚高，絕不輕易**不恥下問**呀。難道有什麼隱衷？」

「不想聽聽嗎？」李大猩緊張地追問。

「算了，今天太忙，改天再聽吧。」福爾摩斯看穿了李大猩的意圖後，為了作弄他，故意裝出毫無興趣的口吻說。

「是關於**吸血鬼**的。」李大猩單刀直入。

「什麼？」天生好奇的福爾摩斯的眼神忽然

一閃，看來已被「吸血鬼」三個字吸引住了。

　　李大猩見機不可失，馬上從口袋中掏出一封信，說：「你看看這封信，就明白是怎麼一回事了。」

　　福爾摩斯打開信函，仔細地看起來。信是這樣寫的……

朋友的來信

敬愛的李大猩兄：

久未聯絡，未知安否。

年前聽朋友説，你高中畢業後加入了警隊，現已成為蘇格蘭場首屈一指的警探，我甚感欣慰。你

當年馳騁於球場上的矯捷身手，相信在追捕匪徒時也大派用場了吧？

離開學校後，我從事出入口生意，五年前更因生意關係，認識了一位秘魯商人的女兒。她名叫卡蒂，是個又美麗又賢惠的女人。我們很快就墮入愛河，並結了婚。幾個月前，她還為我生了

一個很可愛的女孩。

在此之前，我已結過一次婚，後來前妻因病去世，留下了傑克，他現年12歲，是個很乖巧的小男孩。可惜的是，他幼時攀樹摔傷了腰，留下了後遺症，現在走路仍然是一拐一拐的，叫人看了感到心痛又可憐。

卡蒂嫁進我家的頭幾年，非常愛惜傑克，猶如己出。可是，當她生下了自己的女兒後，對傑克就越來越差了，近日更兩次無緣無故地毒打他，其中一次還用上了鞭子，打得他的手臂佈滿傷痕。

而且，她的脾性越來越古怪。前幾天，我家保姆梅生太太哄嬰兒睡着後，只不過走開了一會兒，就忽然聽到嬰兒哭得哇哇大叫。她趕忙回到房間，卻見到了一幅可怕的景象——卡蒂彎身伏在嬰兒的身上，彷彿在咬嬰兒那幼小的脖子。梅生太太連忙衝過去推開我的妻子，並赫然發現嬰兒頸上留下了兩個被咬破的小孔，還有血流出來！

梅生太太嚇破了膽，她本來想馬上去通知我，但卡蒂苦苦哀求她不要把事情說出來，並塞給她五英鎊當作掩口費。梅生太太是個忠厚的僕人，她看見嬰兒並無大礙後，也就沒有把事情張揚。

　　不過，卡蒂咬着嬰兒頸項的景象可能太過震撼了，梅生太太非常着緊卡蒂的一舉一動，她時時刻刻都在守護着小嬰孩。然而，與此同時，卡蒂也同樣地着緊，當梅生太太稍一走開，她就馬上衝進育嬰室。那個情景，就像一隻餓狼看守着羔羊一樣，生怕羔羊從自己的口中溜走。

　　後來，我覺得事有蹊蹺，於是多番追問梅生太太，她才吞吞吐吐地把上述的事情和盤托出。但是，我覺得那是無中生有的中傷，賢淑溫柔的卡蒂又怎會做出傷害自己女兒的事？我不肯相信，還對梅生太太嚴詞訓斥。可是，就在那個當兒，嬰兒淒厲的哭叫打斷了我的說話，我和梅生太太連忙奔往育嬰室。

　　李兄，你知道我看到的是一幅怎樣的景象嗎？

　　當時，俯伏在嬰孩身上的卡蒂大概聽到我們衝

進門口的響聲吧，她緩緩地站起來，然後猛地轉身，狠狠地盯着我，我被嚇得魂不附體，因為——她的唇上竟染滿了血！

　　我衝到床邊，只見嬰兒幼小的脖子和床單上也有血跡。我不敢相信自己的眼睛，卡蒂她竟然吸啜自己孩子的血！

事情的經過就是這樣了，卡蒂被我撞破後，就把自己關在房間裏，不肯回答我的問題，甚至不肯見我。李兄，你説我該怎辦？我想過報警，但我總不能説自己的妻子是個吸血鬼吧？除了警方未必相信之外，我也不能讓卡蒂被警察拉去坐牢，令幼小的嬰孩失去母親呀！

所以，我只想到你，你是警探，又是我多年好友，要是你能私底下幫我解決問題的話，我會不勝感激。

誠心等待你的回覆！

你的好友羅伯特・弗格臣謹上

福爾摩斯看完整封信後，沉思片刻，然後向李大猩道：「很有趣的案子，但捉拿吸血殭屍可不是我的專長，實在愛莫能助啊。」

「什麼？吸血殭屍？」小兔子沒看到信中的內容，聞言嚇了一跳。

「對，是吸血殭屍！」福爾摩斯突然向小兔子張牙舞爪地露出尖利的犬齒，「就像這樣，還不滾開的話，捉你去讓吸血殭屍補身，吸光你的血！」

「哇呀！不要呀！」小兔子被嚇得一溜煙似的飛奔而逃。

福爾摩斯仍擺出一副吸血殭屍的陰森表情，亮起獠牙向李大猩冷笑：「嘿嘿嘿，只是略施小計罷了，就把那煩得要死的搗蛋王嚇走了。」

李大猩看着大偵探那副可怖的表情，「咕嘟」一聲吞了一口口水，戰戰兢兢地說：「不……不可以拿吸血殭屍來開玩笑啊，真的遇上了吸血殭屍就不好了。」

「什麼？難道你也相信這世上有吸血殭屍麼？」

「呵呵呵。」李大猩假笑幾聲，掩飾內心的驚慌，「沒有啦，我又怎會相信這些事。

「福爾摩斯先生，

你不知道嗎？他最怕鬼

啊。」突然，一把熟悉的聲音傳來。李大猩轉頭一看，原來 狐格森 不知何時已站在他身後。

「你怎麼來了？」李大猩頗感意外。

「剛經過這裏，無意中聽到你們說話罷了。」狐格森若無其事地說。

當然，福爾摩斯並不相信他的說話，因為剛才已看到他站在**柱後**偷聽了。其實，狐格森發覺李大猩昨天收到一封信後，整日都**神不守舍**，今早又一早出外，所以就悄悄地跟着來了。

福爾摩斯覺得越來越好玩了，於是向狐格森問道：「原來李大猩大警探也怕鬼的嗎？」

「怕，當然怕。」狐格森**煞有介事**地湊近福爾摩斯的耳邊說，「在蘇格蘭場出了名，李大猩天不怕地不怕，只怕鬼，特別是吸血鬼。」

「喂！你別亂說，難道你不怕嗎？」李大猩連忙喝止，不過他這樣問，等於已承認自己怕

鬼了。

　　狐格森挺胸抬頭，**神氣十足**地說：「我當然不怕，我根本就不信這世上有鬼。」

　　「算了，別再爭論了。反正我最近很空閒，就陪你們去找一下吸血鬼吧。不過，車費和飯錢由你們出。」福爾摩斯說。

　　「真的嗎？」李大猩聞言非常高興。

　　就在這時，李大猩突然注意到一個**小女孩**站在福爾摩斯身後，於是問：「這小丫頭是誰？她好像已站在你身後幾分鐘了。」

　　「什麼？」福爾摩斯轉身一看，只見愛麗絲**無聲無息**地站在那裏，以怪責的

眼神看着他。福爾摩斯嚇了一跳，**猛地**退後一步。

　　愛麗絲沒理會大偵探的誇張反應，她走到李大猩跟前，向他豎起了兩個指頭說：「**20鎊**吧。」

　　「什麼**20鎊**？」李大猩和狐格森都感到詫異，不約而同地問。

　　愛麗絲斜眼看一看福爾摩斯，說：「他的調查費，證實沒有吸血殭屍的話，你們要付**20鎊**酬金。」

「別亂說話，李大猩探員是我的好朋友，怎可以收錢？」福爾摩斯慌了，連忙出言制止。

李大猩好奇地問：「你認識這丫頭嗎？」

「不要丫頭前丫頭後的，我有名字，叫愛麗絲。」

「別怪小孩子不懂事，她是房東太太親戚的女兒。」福爾摩斯解釋。

「20鎊。」愛麗絲盯着李大猩，又說。

李大猩看看福爾摩斯，似乎是在徵求他的意見。福爾摩斯知道那20鎊是用來支付欠租的，只好聳聳肩說：「她堅持要收，

我也沒辦法。」

　　狐格森覺得有趣，挖苦道：「哈哈哈，想不到你還聘了個這麼厲害的**經理人**呢。」

　　李大猩雙手交叉胸前，想了想說：「也好，如果證明沒有吸血殭屍，我就付20鎊吧。不過，如果證明有的話，我就不必付錢吧？」

　　愛麗絲想也不想就答道：「好呀，不過你付定了，世上又怎會有**吸血殭屍**。」

「那麼，我們馬上出發吧。我已發過 電報 給弗格臣，說今天會去他家調查。」李大猩說。

吸血鬼的傳說

福爾摩斯回家收拾好查案的裝備後，去到火車站與李大猩和狐格森會合，出發往案發地點的**蘇塞克斯郡**。隨行的當然還有我們的華生醫生，他要負責為女嬰驗傷，看看她頸項上的**傷口**是否真的由吸血鬼造成。其實，華生也有點戰戰兢兢，因為他自己行醫多年，也從未驗過吸血鬼造成的傷口啊。

　　李大猩看到華生，他非常高興，因為人多可以**壯膽**，但當他看到「**她**」時，就不禁

皺起眉頭了。「**她**」，不用說，就是那個牙尖嘴利、得勢不饒人的愛麗絲了。

　　火車上，他們五人坐在一個**包廂**裏，李大猩和福爾摩斯坐在一邊，華生和狐格森則夾着愛麗絲坐在他們對面。

吸血鬼的 傳說

李大猩湊到福爾摩斯耳邊，輕聲問道：「你怎麼把『20鎊』帶來了，我們要對付的是吸血殭屍，帶着一個小女孩不太方便吧？」不知何時，李大猩已為愛麗絲起了個綽號，叫「20鎊」。

　　福爾摩斯偷偷地往正在打瞌睡的愛麗絲瞥了一眼，壓低嗓子說：「你以為我想帶『20鎊』來嗎？是她死要跟着來的，她說信不過你，辦完案後要馬上收錢。」

　　「豈有此理，我的樣子長得那麼沒信用嗎？」李大猩生氣了。

「請少安毋躁，我答應讓她來，也不單是為了這個原因。」

「還有什麼原因？帶着個小丫頭，不怕礙手礙腳麼？」

「我剛才問過，她讀的是寄宿學校，而且還收男生，就是這個原因。」福爾摩斯神秘地一笑。

「什麼？這與此案有什麼關係？」李大猩對這個回答完全摸不着頭腦。

福爾摩斯笑而不答。看來，他已對案情作出了初步的推論，把愛麗絲帶在身邊自然有他的一番盤算，但他怎樣也沒想到，愛麗絲在此案中發揮的作用竟完全超出他的想像。這令他不得不對這個12歲的小丫頭刮目相看！

「喂，你們兩個鬼鬼祟祟地在談什麼？」坐

在對面的狐格森問道。

「哈哈哈，沒什麼啦，只是……只是聊一下蘭伯利附近的**吸血鬼傳説**罷了。」李大猩含糊其詞。

「蘭伯利？不正是弗格臣先生居住的地方嗎？那裏有什麼吸血鬼傳説？」狐格森問道。

「哎呀，糟糕！」李大猩這時才發覺自己說**漏**了嘴。

福爾摩斯察覺李大猩**神色有異**，於是問道：「你大概還有事情瞞着我們吧？」

「沒什麼啦，只是傳説罷了。」李大猩顧左右而言他，企圖**蒙混**過關。

可是，看到李大猩那個樣子，福爾摩斯、華生和狐格

森就更起疑了，三人都沒說話，只是盯着他，等待他自己從實招來。

李大猩敵不過三人注視的**壓力**，只好坦白：「好了、好了，本來怕嚇壞你們，故意不說的。其實，我收到弗格臣的信後，馬上想起了六天前在蘭伯利發生的一宗**兇案**，據當地的警局說，直至現在也找不到兇手。」

「那跟**吸血鬼傳說**有什麼關係？」狐格森問。

李大猩緊張地**吞下**一口口水，煞有介事地

說：「當地流傳，死者是被吸血鬼**殺死**的，所以才找不到兇手！」

華生**暗忖**：「怪不得李大猩死也要找福爾摩斯一起去查這個案子啦，原來當地真的發生過吸血鬼殺人的**兇案**。」

本來並不相信吸血鬼的狐格森，這時也緊張起來了，他追問：「那是一個怎樣的案子？為什麼當地人會懷疑是**吸血鬼殺人**？」

「對，我也想聽聽呢，說不定跟弗格臣的案子也有關連。」福爾摩斯說。

「事情是這樣的……」李大猩道出了那個案子的經過。

六天前，有幾個**頑童**為了打賭誰人的膽子最大，就在一個**月黑風高**的夜晚，一起往蘭

伯利的著名鬼屋探險。

那間鬼屋,據說在一百年前是德古拉伯爵一家的豪宅,但一場火災就把它燒毀了,並把當時住在那裏的一家七口全部燒死。自此之後,那個只餘一片頹垣敗瓦的廢墟便經常鬧鬼,沒有人再夠膽走近那裏。

那幾個頑童可說是 **初生之犢不畏虎**吧，他們打破了百年禁忌，竟真的舉着一枝火把，走進了鬼屋所在的園林之中，還在那裏發現了一個只有七塊墓碑的**墓地**！

看到墓地後，他們心裏其實已非常害怕，但為了不在朋友面前失威，也只好硬着頭皮穿過墓地往前走。可是，當他

們經過了三個墓碑後，其中一個頑童卻被地上的一件物件**絆倒**了。頑童們舉起火把定睛一看，才發覺那件物件原來是一具橫躺在地上的**死屍**！

眾人大驚失色，嚇得連滾帶爬地逃回村中。本來，他們為怕父母的斥責，不敢把發現屍體

的事張揚，但回到村後數一數，才察覺被屍體絆倒的那個小童竟然不見了！

在沒有辦法之下，頑童們只好向大人們報告。村中的成年人對流傳百年的**鬼屋傳説**自然耳熟能詳，平時都不會走近那裏。但為了找回失蹤的小童，只好硬着頭皮一闖。

幸好，失蹤的小童只是給嚇得**癱**在地上跑不動，村民連夜把他救了回來。第二天早上，事情傳到警方那裏後，當地的**警探**馬上就走去調查了。一如村民的通報那樣，他們在墓地裏發現了一具俯伏在地上的**男屍**。

本來，對於見慣兇案現場的警察來說，一具男屍並沒有什麼大不了。不過，這回卻叫他們驚恐不已。因為，那具男屍左背近心臟的位置上，竟插着一枝鏽跡斑斑的長釘！

這個情景，不就跟吸血殭屍的傳說如出一轍嗎？據說，要徹底消滅吸血殭屍，就得用尖利的桃木刺穿他們的心臟，否則，他們是不會輕易死去的。

負責調查的警察雖然非常害怕，但也盡責地檢視了現場。他們發現死者伏屍附近的一個墓穴已打開了，棺材蓋被丟在墓穴旁，而棺材裏面竟空空如也，並無屍骨！

案情曝光後，村民們口耳相傳，說死於一百年前的**德古拉伯爵**已變成吸血殭屍復活了。他為了復仇，就用**長釘**刺死了不知何故路過那裏的死者。現在，住在附近的村民都**人心惶惶**，恐怕吸血殭屍會來找他們麻煩。

一百年前的恩怨

　　福爾摩斯聽完李大猩的敘述後，問道：「那個給長釘刺死的**遇害者**是什麼人？」

　　「是當地一個叫**馬克**的村民，據說他生性好賭，案發前借了不少**高利貸**，為了避債常東藏西躲。可能就是這個緣故，在避無可避之下，就跑到那間鬼屋去**躲藏**起來。因為，只有那個地方，連追債的人也不敢走近的。」李大猩道。

　　「唔……避得了債，卻避不過吸血鬼的**魔掌**嗎？」福爾摩斯若有所思地說。

　　這時，一直在打瞌睡的愛麗絲忽然張開眼睛，別有意味地冷笑道：「嘿嘿嘿，有些債是避不了的。」

福爾摩斯知道這句話是說給他聽的，於是說：「年紀小小一點也**不可愛**，簡直就像吸血鬼似的。」說完，就裝作生氣似的，「**哼**」的一聲，把臉別過去了。

當然，李大猩和狐格森都不明白他們兩人在說什麼，只有華生在暗自偷笑。

忽然，愛麗絲的**鼻翼**一張一合的**翕動**了幾下，說：「唔……什麼氣味，剛才上車就嗅到了。」

華生也說：「對，我也聞到一陣似曾相識的 氣味，是什麼呢？」

狐格森靈敏的鼻子發揮了作用，他朝周圍聞了一下，說： 「這是 大蒜 的氣味，會不會是之前的乘客留下來的呢？」

李大猩聞言漲紅了臉吃吃笑，但又 如坐針氈 似的坐立不安。

愛麗絲斜眼望向李大猩，說：「那股氣味好像是從這位警探先生身上發出來的呢。」

這時，福爾摩斯才發現李大猩的口袋**脹鼓鼓**的，於是問：「難道你隨身帶了大蒜？」

「呵呵呵，以防萬一嘛，用來**防身**的。」李大猩尷尬地從口袋中掏出一串大蒜來。

「**唔，好臭！**」愛麗絲連忙捂住鼻子。

「不要嫌臭，吸血殭屍最怕就是大蒜了，要保命得靠它啊。」福爾摩斯故意挖苦。

「哈哈哈，膽子真小，吸血殭屍有什麼可怕，我一槍就可以把它打死了。」狐格森一臉得意地道。他平常鬥不過李大猩，難得可以**耀武揚威**一下，又怎會放過這個機會。

「哼！」李大猩無法辯駁，只好忍着不發作。

說着說着，火車已到站了，眾人趕忙下車。

走出火車站時，只見一個**身材魁梧**的大

個子走過來，道：「啊！李大猩，你真的來了！」

「嗨！**弗格臣**，好久不見了，你的臉色不太好呢。」李大猩趨前打招呼。

弗格臣搖搖頭，無奈地說：「沒辦法，家裏發生了這種事，晚上睡也睡不好。」

客套一番後，李大猩連忙把福爾摩斯等人一一介紹。弗格臣知道福爾摩斯**應邀相助**，也顯得非常高興。

一行人登上一早已預備好的馬車後，就往

蘭伯利進發了。

馬車上，福爾摩斯向弗格臣問道：「你知道六天前那宗兇案的詳情嗎？」

「當然知道，我還陪同警方去到**案發地點**調查，因為世世代代居於此地的村民都不肯去。」弗格臣說。

「為什麼呢？」

「因為我是外來人，村民認為復活的**德古拉伯爵**不會加害於我，所以就推舉我去協助警方了。」

眾人面面相覷，不明所以。

弗格臣歎了口氣說：「這牽涉到一百年前的**恩怨**。當年，德古拉伯爵就像我一樣，是從其他地方移居到這裏的外地人。他來了之後不久，附近一帶就發生了一場很嚴重的**瘟疫**，死了不少人。村民之間開始謠傳，指疫病是德古拉伯爵一家散播的。一些失去理性的村民組織起來，用木板封了伯爵大屋的所有門窗，又在其四周堆起乾柴**放火燒屋**。據說，那場火足

足燒了四天四夜，把所有東西都燒光了，只餘下石造的頹垣敗瓦。」

「原來如此，人類失去理性，真的是什麼也會做出來。」華生慨歎。

一直神情緊張地聽着的李大猩問：「但伯爵一家……後來又怎會跟吸血鬼扯上關係呢？」

「是這樣的，伯爵一家被燒死後，不知何故，那些曾經參與放火的人，在數年間一一死去，而且全都是死於非命。於是，人們就認為是德古拉伯爵的詛咒，他們都死在變成吸血鬼的伯爵手上。」弗格臣說。

狐格森聽着聽着，額上滲出了冷汗，臉上更露出驚恐的神色，看來他已有點後悔跟來了。

　　弗格臣接着說：「後來，村民為了安撫德古拉伯爵的靈魂，就從外地請來一個神父祈禱，又打造了七副棺木，並從廢墟中找回伯爵

一家的遺骸，在巨宅的後園裏把他們埋葬了。村民希望這樣，伯爵一家可以安息，也就不會再來尋仇了。」

　　福爾摩斯想了一想，道：「我大概明白了。由於上兩代人與伯爵一家有血海深仇，這裏的原居民到現在仍然非常害怕，才不敢走近那間大屋的遺址吧？」

「對。」弗格臣點頭道。

各人聽完這段可怕的**歷史**後，都沉默起來。不過，愛麗絲卻一直看着外面的風景，似乎對吸血殭屍傳說**無動於衷**。

福爾摩斯瞄了一下各人，忽然狡黠地吐出一句：「不如去案發現場看一下吧。」

李大猩聞言大驚，慌忙說：「不用吧。我們此行目的只是幫忙弗格臣先生查清楚他家裏發生的事，不是來調查六天前的**兇案**啊。」

「對對對！」狐格森也緊張地附和，「不必節外生枝了，辦**正經事**要緊。」

突然，馬車急劇地**顛動**了一下，嚇得狐格森「哇」的一聲叫出來。

華生和愛麗絲雖然也被嚇了一跳，但馬上已冷靜下來，華生更說：「只是馬路**凹凸不平**罷了。」

「伯爵的大屋距離這裏遠嗎？」福爾摩斯不懷好意地向弗格臣問道。

弗格臣一怔，畏怯地說：「很……很快就會經過了。」看來，他也不想再到那個**不祥之地**。

福爾摩斯聞言卻大喜，說：「準備下車吧。」

兇案現場

到達後，各人萬般不願意地下了車，在弗格臣的帶領下，穿過一個**陰森**的樹林，來到一個只有**頹垣敗瓦**的廢墟前。在殘破不堪的門墩和石牆之上，已爬滿了彎彎曲曲的**藤蔓**，地上又堆滿了發出陣陣腐臭的落葉，看來腐葉足有幾吋厚，腳踏上去時軟綿綿的讓人感到**步履不穩**，彷彿一不小心，整條腿就會陷入流沙似的腐葉之中，不能自拔！

雖然李大猩等人都各懷「**鬼胎**」——怕得要死，但又怕被其他人取笑，只好硬着頭皮，一步一驚心地走進這片「**魔境**」之中。

「再往前一點，就會到達案發現場了。」弗

格臣強作冷靜地說。

「你說那片**墓地**嗎？」李大猩擔心地問。

「是的，德古拉伯爵一家七口，就葬在那裏。」

突然，「**哇哇哇哇**」的一陣淒厲之聲從頭頂掠過，把眾人嚇了一跳。福爾摩斯抬頭一看，說：「只是一隻**烏鴉**飛過罷了。」

眾人驚魂未定，福爾摩斯又煞有介事地說：「不過，據說吸血殭屍出沒的地方，多數都有烏鴉的**巢穴**。」

「什麼？」李大猩大驚。

「你怕什麼？你口袋裏不是有一串**大蒜**嗎？拿出來掛在頸上，吸血殭屍也不敢走近你啊。」

福爾摩斯挖苦。

「啊！差點忘了。」李大猩馬上把大蒜串成

的**項鏈**掛到頸上。

狐格森看到，急忙向李大

猩說：「分一兩顆大蒜給我吧。」

「別開玩笑，這只夠我一個

人用。」李大猩一口拒絕，「你不是說過不信

有吸血殭屍的嗎？」

狐格森慌了，伸手就去**搶**：「別太自私，

我只要兩顆防身。」說着，已抓住了那串大蒜

項鏈。

「**不可以！**」李大猩大喝一聲閃避，卻

反而「嚓」的一下把

項鏈拉斷了。大蒜嘩啦嘩啦的滾到地上。

　　狐格森慌忙拾起一顆，並往嘴裏一塞，喀唎喀唎地拚命咀嚼起來。

　　「哎呀！你怎可以這樣！」李大猩怒喝，可惜已來不及制止，只見狐格森已把大蒜咬個稀巴爛。

　　福爾摩斯一臉認真地說：「狐格森果然聰明，要是真的遇上吸血殭屍襲擊，只要大口一張，噴出一口大蒜的毒氣，包保能把對方擊退。」

　　「啊！」李大猩如夢初醒似的，自己也馬上

把一顆大蒜塞進口中，拚命地咬起來。

不一刻，兩人變得**滿面通紅**，眼淚和鼻涕缺堤似的一瀉而下，同時大叫：「**好辣呀！**」

愛麗絲看着這對蘇格蘭場的活寶貝如此滑稽，也不禁掩嘴**偷笑**。華生知道，李大猩和狐格森又一次被福爾摩斯**作弄**了。但這也好，這麼一來，大家一直繃緊的情緒就一下子放鬆了。

「到了。」弗格臣說。

原來在李大猩和狐格森**吵吵鬧鬧**之下，他們不經不覺已踏進了兇案現場的**墓地**，只見七塊墓碑**歪歪斜斜**地立在一片荒蕪的墓園之內。

眾人都在墓地邊緣停了下來，不敢**再越雷池**半步。福爾摩斯向四周打量一番後，一邊檢視着地下，一邊走近一個被挖開了的墓穴。在墓穴旁邊，正如李大猩描述那樣，靜靜地躺着一塊**棺材蓋**。

　　「弗格臣先生，村民懷疑吸血殭屍復活的，就是這個墓穴嗎？」福爾摩斯指着那個長方形的**地洞**問。

　　「是的，就是這個。」弗格臣回答，卻沒有走近。

　　福爾摩斯蹲在穴旁，聚精會神地往下面看了又看，穴內有一個沒有蓋的**棺材**，棺材之內又有些**落葉**。忽然，他好像發現了什麼，用手按着帽子，二話不說，縱身一跳，就跳下穴中。

福爾摩斯這個 **出其不意** 的舉動，嚇壞了李大猩等人，他們想叫也叫不住了。

不一刻，福爾摩斯敏捷地攀上地面，不過手上卻多了一枝大約兩呎長的 **撬楗**＊。

「棺材裏躺着這枝撬楗，警方六天前檢視這個兇案現場時，沒有發現嗎？」福爾摩斯向弗格臣問道。

＊香港俗稱「鐵筆」，常用作撬起被釘着的木板或木箱。

71

「沒有呀。」弗格臣答道。

「那就奇怪了，這麼長的一枝鐵棒，怎會看不見呢？」福爾摩斯摸不着頭腦。

「是雪吧，我記得報紙報道過，這地區數天前

下過一場大雪。」愛麗絲輕輕地吐出一句。

一言驚醒夢中人，弗格臣說：「啊！我想起來了，事發當晚下了大雪，我和

警方早晨來到時，都是白色一片的。」

「好厲害，竟然給愛麗絲說中了。」華生誇獎。

福爾摩斯向小丫頭瞥了一眼，點點頭道：「對，如果下了一晚雪，這枝撬槓肯定被雪遮蓋了。這幾天又回暖，雪早已融化，撬槓就重現我們眼前了。」

「看來，警察的搜證工作不太靠得住呢。」愛麗絲看了一看李大猩，語帶譏諷地說。

「什麼？」雖然不是說自己，但這句說話仍令李大猩和狐格森滿不是味兒。

「看來，警察沒有跳到棺材裏搜證吧？」福爾摩斯問。

弗格臣怯生生地答道：「警察只是草草

看完就走了，他們也不願意在這種地方逗留太久。」

「事後連墓穴也不封好，這是對死者的不敬啊，難怪伯爵會化作吸血殭屍來作惡了。」福爾摩斯說。

弗格臣聞言，連忙解釋：「連警察也感到害怕，我們又怎夠膽再來這裏。」

「那麼，這裏跟六天前沒有什麼分別吧？」福爾摩斯問。

「當日是一片雪地，現在雪已融化了，很難說沒有分別，但棺材蓋肯定沒有人動過，我記得就是跟現在那樣，放在墓穴的左面。」弗格臣答道。

「這麼說來，除了雪已融化外，兇案現場跟六天前是一模一樣了。」福爾摩斯自言自語。

「該沒錯吧，附近的**村民**一定不敢走到這裏來。」弗格臣說。

「這也好，現場沒有人動過的話，反而對調查有利。」福爾摩斯想了想，再問道，「那麼，死者是躺在哪個**位置**上？」

「就在你現在站的那個位置上，他頭向我們這邊，伏屍地上，背部插着一顆長長的**鐵釘**。」弗格臣說。

福爾摩斯轉身，看看墓穴，又看看棺材蓋，他閉目沉思，腦海裏浮現出一幅死者伏屍現場的**鳥瞰圖**。

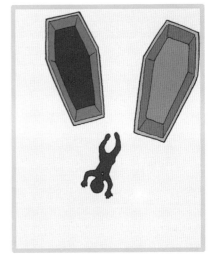

「不要走過去呀！」這時，響起李大猩的叫聲。

福爾摩斯睜眼一看，只見愛麗絲已走到棺材蓋的旁邊，並蹲在棺材蓋的一角，不知道在看什麼。

「怎麼了？」福爾摩斯問。

「這個角爛了，而且缺了一顆釘。」愛麗絲指着棺材蓋的一角說。

福爾摩斯趨前蹲下細看，果然，棺材蓋左

面的角**爛**了，還露出了腐爛的**木心**。看完，他又站起來走去看其他五個角，它們全都完好無缺，而且每個角都露出一枚滿佈**鏽跡**的長釘。

「缺了的那枚釘，難道就是插在死者身上那一枚？」愛麗絲問。

「很有可能，如果有吸血殭屍的話，他一定是拔下那顆長釘給死者**致命的一擊**。」福爾摩斯說。

李大猩和狐格森聞言，嚇得連忙退後了幾步，催促道：「你查夠了吧？我們還是到弗格臣先生家看看吧。」

福爾摩斯點點頭，說：「也好。」

他走了幾步，忽然踢到了什麼東西，低頭一看，原來是一塊**湯碗**大小的**圓石**。他不以為意地走了幾步，突然眼前

一亮，彷彿醒悟了什麼似的，又回到圓石旁看了又看。

愛麗絲好奇地走過來，問：「這塊石頭有什麼特別？」

福爾摩斯狡黠地一笑，說：「那20鎊你拿定了。」

「為什麼？」

福爾摩斯指一指圓石說：「還看不見嗎？我們那親愛的吸血殭屍的亡靈，就附在這塊圓石裏面啊。」

愛麗絲一臉狐疑地看着福爾摩斯，似乎不明所以。然而，一直在旁觀察的華生聽到老搭檔這麼說，已知道德古拉伯爵化身吸血殭屍行兇一案已破。可是，他和愛麗絲一樣，仍然未想通箇中的奧妙。

華生在腦海中整理了一下案情，心中提出了幾個疑問。

❶ 那枝**撬槓**為何會在墓穴的棺材內？它是**陪葬品**？還是事發當晚才被人丟在那裏呢？

❷ 棺材裏為何沒有**屍骨**？要是否定伯爵復活的話，那麼屍骨究竟去了**哪裏**？

❸ 原本釘在棺材蓋上的**棺材釘**，為何會插在死者背上？如果不同意那是吸血殭屍所為的話，又是**誰人**幹的呢？

❹ 那塊**圓石**有什麼秘密？為何福爾摩斯發現它後，就好像一切疑難已**迎刃而解**呢？

時間的法則

在李大猩和狐格森的催促下，眾人登上了**馬車**，大家還沒坐好，兩人就匆忙叫馬車夫開車，為了儘快遠離這塊「**魔地**」，他們已顧不得蘇格蘭場幹探的面子了。

在馬車上，福爾摩斯向弗格臣問道：「墓地兇案在六天前發生，**嬰兒**被咬傷脖子也是前幾天的事吧？」

「是的，時間差不多。」弗格臣答。

「不過，墓地兇案發生在**先**，嬰兒被咬在**後**，對嗎？」福爾摩斯問。

弗格臣露出詫異的神色，答：「是啊，但你怎樣知道的？」

「只是很簡單的推理。」愛麗絲以**不屑一顧**的語氣插嘴道，「如果不是墓地兇案發生在先，你又怎會**聯想**到女嬰頸上的**傷口**跟吸血鬼有關呢？」

福爾摩斯聞言瞪大了眼睛，他沒想到愛麗絲正好說出了他自己心中的想法。

弗格臣看來頗感意外，他點頭道：「這點我倒沒想到。現在想起來，也確實是因為**墓地兇案**的緣故，才會令保姆梅生太太和我馬上聯想到吸血鬼。」

狐格森不以為然，他插嘴道：「吸血鬼從墓穴中走出來了，自然會引發**一連串**的吸血事件，兩個案子的前後關係就是這麼簡單嘛。」

福爾摩斯意味深長地一笑，道：「有道理，不過，你的說法必須建基於一個**假設**之上。」

「就是——假設墓穴裏的德古拉伯爵真的變成了吸血鬼，並且走出來作惡。」愛麗絲緊接着道。

福爾摩斯點點頭，說：「沒錯，如果這個假設不成立，女嬰頸上的傷口，就未必跟吸血鬼有關了。」

弗格臣狐疑地道：「可是，我真的看見妻子嘴邊有血啊。」

「對對對！這個又怎樣解釋？」狐格森問。

福爾摩斯微笑不答，反而向弗格臣問道：「尊夫人虐待令郎的時間，也是在墓穴兇案之後吧？」

弗格臣看來並沒想過這個問題，他回憶了一下，答：「沒錯，是在墓穴兇案之後。」

「果然如此。」福爾摩斯別有意味地呢喃。

華生默不作聲地聽着，但他非常注意福爾摩斯提及的「**時間**」問題。因為，剛才的對話中包括三個時間：**墓穴兇案發生的時間、女嬰頸項受傷的時間、卡蒂虐待傑克的時間**。後兩者皆在墓穴兇案之後才發生，換句話說，如果不是吸血鬼作惡的話，很可能就是墓穴兇案**引發**了後兩者的發生！

當中有什麼秘密呢？華生卻想不通。

「**啪！**」的一聲響起，馬車夫拉停了馬車，原來不經不覺之間，他們已來到弗格臣家的門前了。

女嬰頸上的傷口

　　那是一幢古老的農莊大屋，屋的中央是一個偌大的**客廳**，裏面有個看來歷史悠久的**壁爐**，爐中放着**木炭**，但並沒有生火。

　　大廳的牆上掛着一些甚具南美色彩的裝飾物，當中有些看來是原始的**武器**，大概是女主人從家鄉**祕魯**帶回來的吧。

福爾摩斯一向對古靈精怪的物品都有強烈的興趣，他一看到牆上掛着的那些東西，已丟下大家不理，自顧自地走過去欣賞起來。好奇的愛麗絲也跟着福爾摩斯，抬頭細看那些南美的武器。看完，她拉一拉福爾摩斯的衣袖，低聲地說了些什麼。華生看在眼裏，卻聽不到他們的對話。

這時，一隻**長毛小狗**從客廳角落的一個竹籃中走出來，牠尾巴下垂，步履艱辛地走向弗格臣。

「卡樂，身體好了點嗎？」弗格臣在小狗旁邊蹲下來，輕輕地**撫摸**牠頭上的長毛。

「牠叫**卡樂**嗎？好可愛啊！怎麼牠不懂搖尾巴的。」愛麗絲也蹲下來，溫柔地搔卡樂的脖子。

「牠有病嗎？」福爾摩斯也注意到卡樂的**異常**了。

「讓獸醫看過了，說可能是患了腦膜炎，也可能是某種**麻痺症**，也搞不清楚牠為什麼會這樣。不過，獸醫說慢慢會好的。」弗格臣說。

「牠的病是突然而來的嗎？」福爾摩斯問。

「是，早幾天我一早醒來，牠就變成這樣了。」

「早幾天？即是哪一天？」

弗格臣數一數手指，道：「應該是墓穴兇案發生後的 **第四天** 。」

APRIL

sun	mon	tue	wed	thu	fri	sat
1	2	3	4	5	6	7
8	9	10	11	12	13	14
15	16	17	18	19	20	21
22	23	24	25	26	27	28
29	30					

福爾摩斯問：「是否女嬰**第一次被咬**之後？」

「是的。」弗格臣答。

李大猩看着福爾摩斯和弗格臣只顧討論小狗的事，顯得不耐煩了，他說：「先別管小狗吧，我們有正經事要做啊。」狐格森也頻頻點頭，看來他們只想着儘快破案，然後逃離這個叫人 **心緒不寧** 的地方。

這時，一個十來歲的 **少年** 走進來，他一看

到弗格臣就馬上撲過去並大叫：「爸爸！你回來了！」

　　弗格臣雙手攤開，把衝過來的少年抱在懷裏，親切地道：「傑克，呆在家裏很**悶**嗎？假期作業做好了沒有？」

　　「**都做好啦！**」傑克爽快地回答。

弗格臣向眾人介紹：
「這是我的兒子傑克。」

傑克這才注意到客廳裏所有人都在注視着他，於是有點害羞地說：「大家好。」

「你好。」大偵探堆着笑臉說，「我叫福爾摩斯，這位是華生醫生，那兩位是你爸爸的朋友。」他為各人一一介紹。

傑克聽到「福爾摩斯」的名字時，臉上閃過一下驚愕的表情。華生看在眼裏，心想：「難道他已知道福爾摩斯的身份？看來老搭檔太出名了，連小朋友都聽過他的大名。」

「那我呢？怎麼漏掉我了。」愛麗絲走前一步，對福爾摩斯沒介紹她有點不滿。

「啊，對不起，竟忘記了我們的**公主**呢。」福爾摩斯像是恭維也像是諷刺地說，「傑克，這位是又聰明又漂亮的愛麗絲小姐，是隨我們來這裏玩的。」

「不過就是有點**不可愛**。」李大猩吐出了一句。

愛麗絲「**哼**」的一聲，沒有理會這句福爾摩斯早已說過的評語，逕自走到傑克的面前，**老成持重**地與他握了一下手。然後，就像**他鄉遇故知**似的，又問傑克唸幾年級，又說自己寄宿學校的

室友很好玩，**天南地北**地閒聊起來。

華生心想：「愛麗絲對成年人處處挑剔、事事反駁，但一遇上同齡的少年，卻變得又活潑又可愛，相處完全沒有**隔膜**，難道這就是同齡的魔力？」

就在這時，一個年輕的**女傭**端着茶走進來，她強裝着笑臉，但任誰都看得出她其實心事重重。

弗格臣問：「**桃樂絲**，太太怎樣了？」

「她不肯吃不肯喝，看來生病了，但又不肯去看醫生，我也不知道該怎辦。」叫桃樂絲的女傭擔心地說。

弗格臣轉過頭來，看一看華生。

華生意會，馬上對女傭說：「我是**醫生**，帶我去見太太吧。」

「啊！那太好了，雖然太太不肯看醫生，但這次我一定會**說服**她的！」桃樂絲有點激動，她說完就領着華生上樓去了。

在等待的時間，福爾摩斯叫李大猩和狐格森去當地的**警局**跑一趟，調查一下墓穴兇案死者除了被高利貸**追債**外，其他村民對他的為人有何評價。

此外，福爾摩斯還要兩人把那枚殺人的**棺材釘**借來，和問清楚死者是否被刺中**心臟**而死。李大猩和狐格森雖然不太願意聽從福爾摩斯的指使，但為了破案，還是照吩咐做了。

與此同時，福爾摩斯注意到傑克一邊與愛

麗絲閒聊，一邊卻豎起**耳朵**偷聽成年人的對話，而且顯得**憂心忡忡**。

不一刻，華生獨個兒從二樓走下來。

「你見到內子了嗎？」弗格臣急切地問。

「見到了，她知道我來自**倫敦**後，就讓我進去了。」

「那麼，內子得了什麼病？」

「她看來並沒有**生病**，只是**情緒**的波動比較激烈罷了。」華生說。

「對，我一進入她的房間，她就對我大吵大鬧，還叫我滾。」弗格臣說。

「沒錯，我問她要不要見你，她的反應就是如此。」

「那怎麼辦？」弗格臣無助地問。

福爾摩斯拍一拍他的**肩膀**，安慰道：「沒

事的，先讓我看看你的**小女兒**吧。」

　　弗格臣出去一會後，領着一個中年女人走進來，那女人懷中抱着一個可愛的嬰兒。

　　「這位是**梅生太太**，這兩天由她照顧小女，我不讓內子接近我的好寶貝。」弗格臣說。

　　福爾摩斯檢視了一下女嬰頸上的**傷口**，又提起她的**小手**看了又看。

接着，華生也小心地檢查了一下，他正想說出看法時，福爾摩斯卻突然轉過頭去對傑克說：「你喜歡你的**小妹妹**嗎？傑克。」

傑克聞言一怔，想了想，才有點不情願地『**點**』**點頭**。

弗格臣尷尬地向福爾摩斯兩人笑了笑，然後向傑克說：「我和福爾摩斯先生有事情談，你和愛麗絲出去玩吧。」

愛麗絲聽到可以出去玩，馬上就**興高采烈**地拉着傑克跑到外面去了。

看見傑克走遠了，弗格臣才說：「傑克摔傷後走路不靈活，有點**自卑**。」

「這也是我們要解決的**問題**之一。不過，在解決這個問題之前，華生對令千金頸上的傷口應該有不同的看法，對嗎？」福爾摩斯說。

華生點頭道：「那不是**動物牙齒**造成的傷口，當然，動物也包括人在內。」

「啊！那麼那兩個小孔又從何而來呢？」弗格森驚問。

「是被尖銳的**利器**刺出來的。」福爾摩斯說，華生點頭同意。

「利器？誰會用利器刺傷一個手無縛雞之力的嬰孩呢？」弗格臣不敢相信自己的耳朵。

「這個嘛……**尊夫人**最能解答這個問題，我去問一下她就行了。」福爾摩斯說完，又補充一句，「不過，這肯定不是她幹的。」

弗格臣雙手**掩面**，苦惱地說：「她連我都不肯見，又怎會見你。」

「不，她一定願意見我。」福爾摩斯掏出一張紙，在上面匆匆寫了幾行字說，「華生，把這**字條**交給夫人吧。」

老實的華生並沒有偷看寫了什麼，他只是趕忙走上二樓照吩咐去做。不知**袖裏玄機**的弗格臣急得在客廳中團團轉，但我們的大偵探卻吸着他最愛的煙斗，悠然自得地等待關鍵時刻的到來。

字條中的秘密

一會兒，樓上傳來一陣驚呼，弗格臣嚇了一跳，不知如何是好之際，華生已匆匆忙忙在二樓的樓梯頂探出頭來，並興奮地說：「夫人答應了，她看到字條後還叫起來。」

早在意料之中似的，福爾摩斯點點頭道：「很好。」說完，就叫弗格臣一起上樓去了。

與華生一起，三人一踏進房間，就見到一個滿臉倦容的女人坐在床邊。她皮膚黝黑，不像本地人，不用說，她就是弗格臣來自南美的妻子卡蒂。那位年輕的女僕桃樂絲，看到各人進來，就識趣地出去了。

「卡蒂！」弗格臣往前走了兩步，但馬上又

止住了，因為他的妻子卡蒂已舉起手**阻止**。弗格臣見狀，只好失望地退下，坐到靠近牆邊的一張**椅子**上。

福爾摩斯有禮地點頭欠身，在弗格臣旁邊的椅子上坐下來。

「字條是這位先生寫的嗎？」卡蒂向華生問。

「是的，他是倫敦最著名的**私家偵探**。」華生答。

「原來如此，怪不得什麼都給這位先生看穿了。」卡蒂說。

「究竟怎麼了？你們在說什麼？」弗格臣不明所以地問。

「越快的手術就越少痛苦，就讓我**單刀直入**吧。」福爾摩斯嚴肅地盯着弗格臣說，「尊夫人是個有愛心、又善良的人，她受了不少**冤屈**。」

弗格臣坐直身子，驚喜交集地說：「是嗎？很高興聽到你這樣說，我願聞其詳。」

「我會說清楚，不過你得忍受傷痛。」

「只要能夠證實卡蒂的**清白**，我能忍受任何傷痛。」弗格臣熱切地說。

福爾摩斯緩緩地站起來，向卡蒂取回他寫的**字條**，然後遞給弗格臣，說：「我不忍心說

出口，你自己看吧。」

弗格臣接過字條一看，他彷彿受到了如雷

貫頂的衝擊，全身不斷發抖，連握在手中的

紙條也掉到地上。

華生連忙拾起來，只見字條上只是寫着簡單的兩句話：

Madame,

　　You have been wronged.

Jack is the one who hurt

　　your daughter.

　　　　　　Sherlock Holmes

夫人，你被冤枉了。傷害令千金的是傑克。福爾摩斯字

「為什麼是傑克？我明明親眼看見卡蒂從嬰兒的床邊站起來，而且她的 唇邊 還沾了血。」弗格臣聲音顫抖地問。

「當一連串事件接連發生後，簡單又**客觀**的事實往往會被**主觀**的誤解所掩蓋。」福爾摩斯說，「你為什麼沒想到，尊夫人 吸啜 女嬰頸上的血，除了是傳說中的吸血鬼所為之外，還有別的原因呢？」

弗格臣一臉 茫然，但仍努力地思索。不一刻，他像想通了什麼，驚愕地看着福爾摩斯說：「啊……難道……難道是……」

「說出你心中所想吧。」

「難道……是為了吸出毒物？」弗格臣道出了事實，但語氣中仍夾雜着驚愕與疑惑。

福爾摩斯取回華生手上的字條，把它揉成一團，然後塞到自己的口袋裏。顯然，他不想這張字條流傳出去。

「福爾摩斯，你是怎樣發現這個真相的？」華生看見弗格臣沉痛地低頭不語，於是代問。

福爾摩斯以一貫平靜而又有力的聲音道：「首先，我並不相信吸血殭屍的存在，不管傳說多麼恐怖和言之鑿鑿，我的這個想法從未動搖。不過，為了釋除大家的疑慮，加上好奇，也就建議到兇案發生的墓地去實地調查。結果證實了我的想法，根本沒有什麼吸血殭屍，那只是一宗普通的意外。」

「意外?什麼意思?」華生問。

「這個先按下不表,最重要是證明吸血殭屍僅是 **子虛烏有** 的傳說。」福爾摩斯制止華生的發問,「我證實了看法後,接着要做的,就是要找出刺傷女嬰的 **工具** 是什麼。來到這裏後,發現答案已寫在牆上。」

「寫在牆上?」弗格臣詫異地抬起頭來。

「啊,對不起,這只是我的 **修辭** 罷了。」福爾摩斯微笑,「我說的是客廳牆上掛着一些南美的 **武器**,當中還有一個 **箭囊**,不過囊裏卻一枝箭也沒有。」

「啊!我記得箭囊裏原本是有幾枝箭的。」弗格臣驚呼。

「你的兒子**傑克**取走了當中的一枝或者兩枝，趁尊夫人和保姆走開時，就用箭在女嬰的頸上刺了兩個**小孔**。」福爾摩斯說完，轉向卡蒂問道，「是嗎？」

卡蒂無言地點點頭，眼神充滿了**悲傷**。

「傑克為什麼要這樣做呢？」弗格臣問。

「在傑克刺傷妹妹的前一天，剛好發生了墓穴兇案，並傳出吸血殭屍殺人的事件。這麼轟動的兇案自然也傳到傑克耳中。於是，他**心生一計**，利用這個傳聞來製造恐慌，用箭刺傷女嬰，企圖令大家以為吸血殭屍**施襲**。」福爾摩斯分析道，「不過，

夫人聞聲而至，目睹傑克犯案，盛怒之下，趕走傑克。她知道箭頭**有毒**，急忙用口**吸**掉女嬰頸上的毒。梅生太太剛好走過，她看到夫人這個怪行大驚，並與吸血殭屍一案（**聯想**）起來。」

「真的是這樣嗎？」弗格臣向卡蒂問道。

卡蒂只是憂傷地點點頭，並沒有開口回答。

福爾摩斯也問道：「夫人，你趕走傑克時，有講過**箭頭**有毒吧？」

說到這裏，卡蒂終於說話了：「有，我對傑克說——箭頭有毒，你想**害死**妹妹嗎？當時，我又傷心又憤怒，於是拚命打他，因為我沒想到一個小孩子的心腸會這麼**毒辣**，竟想用

毒箭害死自己的妹妹。之後，我把仍留在箭囊內的幾枝**毒箭**全丟了。」

「這點我倒想澄清一下，傑克刺傷妹妹時，應該並不知道箭頭有毒。」福爾摩斯說。

「啊！」卡蒂非常意外。

弗格臣問：「你為何這麼肯定？」

「小狗**卡樂**已說明了一切呀。」福爾摩斯說。

「卡樂說明了一切？」弗格臣不明所以。

「噢，對不起，這也是我的**修辭**而已。」福爾摩斯知道自己太過賣弄了，於是解釋道，「我是指小狗出現麻痺症狀，是在女嬰被刺傷後的**第二天**。這表明傑克是在第二天才用毒箭刺傷小狗來**測試**藥效。當然，他看到小狗的反應後，才知道闖下**大禍**。」

卡蒂搖搖頭，並不同意：「但是，傑克之後又一次企圖**謀害**他的妹妹呀！那是我親眼看見的！那一天，小女突然放聲大哭，我趕去看時，傑克正好從**育嬰房**奪門而出！」

「然後，你看見女嬰頸上的傷口又在**流血**，於是認定這是傑克所為，並再次為女嬰**吸血**，希望可以吸走傷口上的毒，對嗎？」福爾摩斯問。

「是的。」卡蒂答道，「當時，外子聽到女兒的哭聲，隨即就闖進來了。他看見我唇上有

血，就質問我為何吸親生女兒的血，但我又能怎樣回答，難道要我指證傑克的惡行嗎？他那麼痛惜自己的兒子，如果我說出真相，他一定會傷心欲絕。」說完，卡蒂已哭不成聲。

弗格臣低下頭來，深深地歎了一口氣。

但是，我們的大偵探並沒有停下來，他繼續為傑克平反：「不，傑克再次接近嬰兒，是因為他看到小狗的症狀後，知道闖下了大禍。於是，趁你和保姆走開時，就走去看看。這是他關心妹妹的表現。」

「但小女的頸項再次流血又怎樣說明？」卡蒂問。

「那是因為傷口發炎潰瘍，令千金自己抓破傷口表面的痂，引發再次流血。事實上，我和華生檢視頸上的傷口時，同時也檢查過她

的指甲，發現其**指甲**上還留有抓過血痂的痕跡。」

「沒錯，女嬰的指甲上確實留有**血痂**。」華生加以證實。

「原來如此。」卡蒂抬起頭來。這時，她的臉上已浮現出欣喜的神色。

「你終於明白了吧？傑克只是**一時衝動**玩出了禍，他並非存心傷害妹妹，我相信他非常**內疚**。」福爾摩斯說。

弗格臣充滿歉意地對卡蒂說：「我冤枉了你，真的對不起。」

然後，他轉向福爾摩斯問道：「傑克為什麼要製造這個事端呢？他本來是個又聽話、又乖巧的小孩呀。」

「這個問題，還是讓華生來答吧，他是專家。」福爾摩斯答。

「我不是這方面的專家，但對心理學也有點認識，傑克的行為應該是出於妒忌。他幼時喪母，只能從父親身上獲得愛。可是，當小妹妹出生後，父親的注意力轉移到長得又健康又可愛的妹妹身上。小朋友是敏感的，他覺得被冷落了，加上他自己身患殘疾，所以對小妹妹由妒生恨，剛好又發生墓穴兇案，於是就想

到利用吸血殭屍來製造恐慌，以為這樣就可把後母和小妹妹嚇走。」華生說。

「原來如此，我竟沒察覺到他的**變化**，實在不配當他的父親。」弗格臣深深地**自責**。

「不要自責了，我們還要**善後**呢。」

「善後？你的意思是指怎樣**懲罰**傑克嗎？」弗格臣擔心地問。

「不，現在懲罰他，只會令他更憎恨夫人和妹妹。我看夫人也不想這樣吧。」福爾摩斯說完，看一看夫人。

夫人點點頭，道：「對，我已原諒了他，也不想他**懷恨於心**。」

「那怎麼辦才好？」弗格臣問。

「最好裝作什麼事也沒發生過。反正傑克還有幾個月就升讀初中了，到時送他去愛麗絲就

讀的學校**寄宿**吧。他已認識了這位活潑的新朋友，相信不會抗拒。」福爾摩斯提議。

華生恍然大悟，原來老搭檔把愛麗絲帶來就是為了這個**緣故**，他早已猜到「**犯人**」是傑克，更把善後的方法想好了！

弗格臣沉思片刻，說：「也好，相信傑克過幾年後，會**明白事理**的。」

「這就好了，所有問題已解決了，我們是時候走啦。」福爾摩斯向卡蒂欠一欠身，就推開房門離去。

意外的「兇案」

弗格臣送福爾摩斯和華生到大門口，就在這時，李大猩和狐格森已從警局趕回來了。同時，女僕也把愛麗絲叫來了。

「怎麼了？你們要走了嗎？」李大猩感到詫異。

「是啊，已**天黑**啦，不趕快走，吸血殭屍**出沒**的時間就快到了。」福爾摩斯語帶戲謔。

李大猩兩人卻以為大偵探是說真的，不禁**赫然一驚**，但仍裝模作樣地問：「但這兒的案子怎辦？丟下不管嗎？」

「已查完了。」福爾摩斯答。

「什麼？已查完了？」李大猩感到難以置信。

「是啊，福爾摩斯先生已把一切 謎團 解開了。我真感謝你請他來幫忙，你果然是我最好的朋友！ 謝謝你！ 」弗格臣激動地握住李大猩的手。

李大猩雖然不明所以，但看到老朋友那麼激動，也就答道：「 哈哈哈 ，別客氣啦。我請來的人當然能幫忙啦！」

「不過，我不明白啊，可以告訴我發生了什麼事嗎？」狐格森問道。

「上馬車慢慢談吧，不然就趕不及最後一班**火車**回倫敦了。」福爾摩斯說着，就逕自往馬車走去。

華生和愛麗絲也趕忙跟上，李大猩兩人見狀，惟恐落後似的，草草與弗格臣道別後，就上車去了。這時，傑克從門內探出頭來，**依依不捨**地往馬車張望。這個情景給愛麗絲看見了，她忽然跳下車來，奔到傑克跟前，並和他握了一下手，說：「記住要寫信給我啊！」說完，又**蹦蹦跳跳**地跑回車上去了。

馬車上，福爾摩斯湊到華生

耳邊說：「我們那個**牙尖嘴利**的小公主結識了一個小王子呢。」華生會心微笑。

「公主？誰是公主？她？你指『**20鎊**』嗎？」李大猩聽到了，指着愛麗絲問道。

李大猩太大意了，這樣說不是提醒了愛麗絲嗎？果然，我們的小公主眨眨眼，向李大猩攤開手掌說：「**20鎊**。」

「什麼意思？」李大猩問。

「不是約好了嗎？證明沒有吸血鬼的話，你得付 20 鎊呀！」愛麗絲說得理所當然。

「哼！誰證明了？」

「命案現場不就證明了一切嗎？」愛麗絲**得勢不饒人**。

福爾摩斯聞言，問道：「愛麗絲，聽你這麼說，難道你已想通了**圓石**的秘密？」

「嗯！」愛麗絲信心十足地點點頭，並說出了她的分析。

事發當晚，死者馬克為了**躲避**高利貸，走到德古拉伯爵的墓地藏身，卻不小心踏中墓穴旁的⬚圓石⬚，他腳下一滑，就向後摔倒了。當時不知什麼緣故，那裏有一個被人撬開了的**棺材蓋**，馬克正好倒在棺材蓋的**鐵釘**上，就這樣給插死了。

李大猩聽完後，沉思片刻，道：「唔……

說得也有道理。不過，據在現場搜證的警察說，死者是**俯伏**在距離棺材蓋數呎之外的地上，並非倒在棺材蓋上啊！」

「這……」愛麗絲**語塞**，不知如何回答。

「嘿嘿嘿，這正是我要你們去警局查證的原因呀。」福爾摩斯對李大猩和狐格森說。

「啊！」兩人同時醒悟。

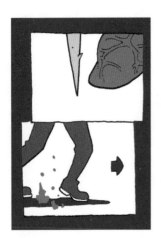

「對了！我問過**驗屍官**，他說死者被插中的地方偏離了**心臟**一點，應該不會馬上死去。這麼說來，他倒在棺材釘上後，掙扎了一下，連人帶釘爬起來，走了幾步之後，又因**劇痛**而倒

地，最後因失血過多而死。」李大猩推測。

狐格森想了一想，反駁說：「可是，他爬起來時，**鐵釘**應該留在**棺材蓋**上，怎會還插在他的背上呢？」

「我也想知道**箇中秘密**呢。你們把那顆鐵釘借來了嗎？」福爾摩斯問。

「借來了。」狐格森小心翼翼地從口袋中掏出一枚用白布包着的**鐵釘**。

福爾摩斯掏出放大鏡仔細地檢視，並指出釘上一個**倒鈎**似的分叉說：「這枚鐵釘因為鏽蝕關係，旁邊長出了倒鈎，當插中死者背脊時，可能**卡住**了其中一條肋骨，加上

123

棺材蓋的木板經過百年歲月的侵蝕已**腐爛**，當死者掙扎爬起來時，就連釘也給拔出來了。」

「啊……怪不得驗屍官說，他從死者背上拔出這枚釘時感到好像給什麼**卡住**了，還費了一點工夫才能拔出來呢。」李大猩恍然大悟。

「對了，你們還問過了村民對死者馬克的**評價**嗎？」大偵探問。

「問過了。他也不是一個好人，除了**好賭**欠下高利貸外，也犯過**盜竊罪**，坐過牢。」狐格森答。

「哈哈！那麼，最後一道謎題也破了。」福爾摩斯開心地笑道，「馬克一定是為了還債，就取了一枝**撬棍**到墓地去**盜墓**，那是伯爵的墳墓嘛，他可能以為總有些值錢的東西。」

「我明白了！」愛麗絲搶着說，「他用撬槓**撬開**棺材蓋，並把它抬上地面，但不慎踏中圓石**摔倒**，還正好倒在一枚棺材釘上，同時間，手中的撬槓**飛脫**，正好掉到墓穴裏。」

「對！真聰明。」福爾摩斯誇獎。

華生想了想，問道：「棺材中的屍骨呢？為什麼沒有**屍骨**？」

「對對對！沒有屍骨，不就證明伯爵化成吸血鬼離開了墓穴嗎？」李大猩道。

「嘿嘿嘿，這

個問題不是更易解答嗎？」福爾摩斯狡點地一笑，「因為那裏根本從一開始就沒有**屍骨**！」

「啊！」眾人同聲驚呼。

「弗格臣先生不是說了嗎？德古拉伯爵的豪宅被**燒**了四天四夜才熄滅，應該什麼也給燒光了，還會留下什麼屍骨？」福爾摩斯說。

「那麼，墓中下葬的是……？」華生問。

「只是形式上的下葬罷了，無法找到屍首的**海難**死者不也常用這個方式下葬嗎？最重要的是下葬的儀式，舉行了**儀式**，大家就可以心安理得了。」福爾摩斯說。

「這……」李大猩不知道如何反駁。

「**20鎊**。」愛麗絲又向他伸出手掌。

李大猩自知已輸，只好垂頭喪氣地從口袋中掏出幾張揉成一團的紙幣，萬般不願意地交給了

愛麗絲，口中卻不斷嘀咕：「可惡的

20鎊……可恨的『**20鎊**』……」

「**哈哈哈！**」馬車在黑夜中奔馳，車上傳

來了一陣又一陣愉快的笑聲。

次日，愛麗絲在門外**打掃**時，一個老婦人

提着一籃**水果**到訪，她問道：「請問福爾摩斯

先生在嗎？」

「他不在家，有什麼事嗎？我可以代為轉

達。」愛麗絲有禮地道。

「啊，沒什麼。這裏有些水果，請代我送給

他吧。他人真好，要不是上個月他給了我**20**

鎊，真的不知道如何**籌錢**讓患病的兒子施手

術了。」老婦人語帶感激地說完，留下了水果，

然後弓着背、拖着緩慢的步伐離開。

這時，華生剛好回來。他看到愛麗絲呆在門口一動不動，而且兩眼還眶滿了淚水，他大嚇一驚，連忙問：「怎麼了？有人欺負你嗎？」

「不……」愛麗絲搖搖頭，「我……我誤會了福爾摩斯先生，他……他原來是個好人。他欠交的20鎊租金，原來是用了來幫助別人。」

華生聞言，若有所思地點點頭道：「呵呵呵，他就是這樣一個人啊，自己沒飯吃，也會

先幫助別人。我們要好好向他 **學習** 呢！」

「嗯！我一定要向他學習！」愛麗絲**破涕為笑**。

「你們兩個**鬼鬼祟祟**地在談什麼？又在說我的**壞話**嗎？」不知何時，我們的大偵探已走過來了。

「沒什麼啦，愛麗絲只是……」華生正想道出緣由之際，我們的「**20鎊**」已搶着開口了。

「福爾摩斯先生，這個月的租金明天到期了，別又借故不交啊。」愛麗絲冷冷地道。

華生聞言，腳一歪，整個人幾乎倒下來。

大偵探福爾摩斯
吸血鬼之謎 ⑬

原著／柯南·道爾
（本書根據柯南·道爾之《The Adventure of the Sussex Vampire》改編而成。）

改編&監製／厲河　　　繪畫&構圖編排／余遠鍠

封面設計／陳沃龍　　　內文設計／麥國龍　　　編輯／蘇慧怡

出版
匯識教育有限公司
香港柴灣祥利街9號祥利工業大廈2樓A室

承印
天虹印刷有限公司
香港九龍新蒲崗大有街26-28號3-4樓

發行
同德書報有限公司
九龍官塘大業街34號楊耀松（第五）工業大廈地下
電話：(852)3551 3388　　傳真：(852)3551 3300

第一次印刷發行
第十七次印刷發行
Text：©Lui Hok Cheung

購買圖書
2012年7月
2022年7月
翻印必究

想看《大偵探福爾摩斯》的
最新消息或發表你的意見，
請登入以下facebook專頁網址。
www.facebook.com/great.holmes

ISBN:978-988-77493-7-0
港幣定價 HK$60
台幣定價 NT$300

若發現本書缺頁或破損，
請致電25158787與本社聯絡。

網上選購方便快捷　　購滿 $100 郵費全免
詳情請登網址 www.rightman.net